KB021850

고래

고래
2022

1쇄 발행일 | 2022년 02월 15일

지은이 | 강은교 · 김형영 · 윤후명 · 정희성
펴낸이 | 윤영수
펴낸곳 | 문학나무
기획 마케팅 | 03085 서울 종로구 동숭4나길 28-1 예일하우스 301호
이메일 | mhnmoo@hanmail.net

출판등록 | 제312-2011-000064호 1991. 1. 5.
영업 마케팅부 | 전화 | 02-302-1250, 팩스 | 02-302-1251
ⓒ 강은교 · 김형영 · 윤후명 · 정희성 2022

ISBN 979-11-5629-136-7 03810

고래

70년대 _ 고래동인

강은교

김형영

윤후명

정희성

문학나무

강은교

김형영

윤후명

정희성

특집 좌담 _ 한국문학과 시 동인 '70년대' | **사회 곽효환 시인**

김형영 시인, 꿈꾸다 가신 것 같다
나도 그렇다
꿈꾸다 꾸다
나의 자줏빛 볼펜 위에
고꾸라지듯 쓰러지리라

시인의 말 _ **강은교**

뒷결
— 운조의, 현絃을 위한 바르...... 열한 번째 가락

뒷결

에 서서

이 세상에서 가장 아름답고-기인 그늘 소리를 듣습

니다

젓가락 부딪는 소리

밥알 뜸드는 소리

밥알 사이로 비집고 들어서는 기임-그늘 소리

또는

너의 핑크빛 수움-그늘 소리

찻집, '1968년 가을'

그 소읍의 서쪽 끝에 한 자그만 찻집이 있습니다.
'1968년 가을'

눈시울 빨갛게 입구를 적시고 있는 우체통을 지나
면, 안개가 스며든 듯 허리가 부은 채 살그머니 열
리는 문, 상아빛 탁자들, 잔디가 잘 보이는, 길게 누
운 좁은 창, 천천히 살빛 안개 가득 돌아다니는 안
으로 들어서면, 안개 속에 이름들이 껌벅껌벅 잠들
고 있습니다. 창 밑 한 켠에선 고모가, 당고마기고
모가 뒤축이 갈라진 꽃고무신을 꿰매고 있네요, 그
한 쪽 옆엔 염주알이 가득 모여 앉아 있구요, '염주
줄이 끊어졌어요, 그런데 마따한 질긴 실이 없군요,
이 실로라도…' 고모는, 당고마기고모는 호호 웃습
니다, 염주를 실에 꿰는 고모, 당고마기고모, 고모
의 옆얼굴, 여신같네요, 아야아 여신이네, 이름들,
하나씩 눈뜨는 이름들,

강은교

고모, 당고마기고모가 일어섰습니다, 그 여자의 푸른 옷소매 살빛 안개 위에 비스듬히 걸터 앉습니다, 염주알, 그 옆에 비스듬히 걸터 앉습니다, 뒤축이 갈라진 꽃고무신, 그 옆에 비스듬히 걸터 앉습니다, 몸이 무거워진 안개, 안개를 낳는 안개의 어미 살빛 안개, 공중에는 뵈지 않는 인적人迹들이 가득 흘러내립니다.

이름들이 안개 밖으로 뛰어갑니다. 꽃고무신 옆에 있던 큰 길도 일어서 뛰어갑니다, 담벼락에 달린, 잘 닳아진 이름들도 화들짝 일어서 뛰어갑니다, 고개를 주억거리는 이름, 눈물 앞에 걸린 이름, 아야아 천도天道 앞에 걸린 이름,

그 소읍의 서쪽 끝 찻집, '1968년 가을'

하늘의 피리소리
— 운조의, 현絃을 위한 바르...... 여섯째 가락

저 하늘의 피리소리가
저 땅의 퉁소소리와 만나

太虛에 다리를 놓는다면

입맞추리 그 가운데 쯤에서
　　　　너와 나
　　　　또는

사랑할 수 있는 한 사랑하리

그리워 할 수 있는 한 그리워하리

강은교

당고마기고모네 창 밑

꿈깨어 찾아갔더니 당고마기고모네 창 밑에 소복히 흰 무덤이 생겨나 있었습니다. 무엇일까, 멈칫멈칫 들여다보았습니다. 하루살이들이었습니다. 하루살이들이 나를 향해 힘없이 손 흔들고 있었습니다. 흰 눈물이 그득했습니다. 하늘을 찔렀습니다.

아야아

꽃잎 한 장
― 운조의, 현絃을 위한 바르...... 아홉째 가락

꽃잎이 시들어 떨어지고서야 꽃을 보았습니다
꽃잎이 시들어 떨어지고서야 꽃을 창가로 끌고 왔
습니다
꽃잎이 시들어 떨어지고서야 꽃을 마음 끝에 매달
았습니다

꽃잎 한 장 창가에 여직 남아 있는 것은 내가 저 꽃
을 마음따라 바라보았기 때문일 것입니다
당신이 창가에 여직 남아 있는 것은 당신이 나를 마
음따라 바라보았기 때문일 것입니다
흰 구름이 여직 창틀에 남아 흩날리는 것은 우리 서
로 마음의 심연에 심어졌기 때문일 것입니다

바람 몹시 부는 날에도

강은교

고모의 기도서

이것은 고모의 기도서입니다. 낡고 검은 겉장이 소리도 없이 찢어져 있는, 그러나 무척 살가워보이는 그것, 고모가 언젠가 그것을 들고 왔다가 우리집에 두고 갔습니다. 나는 가끔 그것을 들여다보았습니다

키큰 고모가 그것을 고히 가슴에 받쳐든 모습은 좀 어울리지 않는다는 기분도 주었습니다. 기도서는 유난히 작았습니다. 그러나 기도의 정수를 담고 있다는 듯 오만하기도 했습니다

기도서는 일어섰습니다 우르르르 우르르르 계단을 걸어내려갔습니다 햇볕 가득한 마을로 키스가 되어 불타는 사랑의 키스가 되어

아야아,

당고마기고모의 기도, 그립습니다

강은교

벽
― 운조의, 현絃을 위한 바르...... 둘째 가락

그대가 언젠가 놓고 간 벽

　　움푹 파인 거기에

　　등잔 하나

아야아

고모의 흉터

나는 고모의 흉터가 몇 개인지 알고 있습니다, 팔목에 구불구불 기어가는, 휘어진 길을 닮은 첫 번째 흉터, 부챗살처럼 미끄러지는 무릎의 두 번째 흉터, 블래지어를 벗어야 보이는, 골진 가슴의 세 번째 흉터. 종소리처럼 떨며 흐르던 젖무덤 사이 리본 모양으로 새겨진 그것, 어째서 거기 생겼을까, 고모는 모르겠다고 합니다, 허벅지의 흉터도 보았습니다. 거뭇거뭇한 그것, 아마도 요 며칠 새에 생긴 것인가 봅니다, 다섯 번째, 여섯 번째…

고모는, 흉터가 많은 당고마기고모는 별보다 눈부십니다 아득합니다

강은교

그 작은 주점
— 운조의, 현絃을 위한 바르...... 넷째 가락

초록빛 소주병 뚜껑들이 대나무 벽마다 꽂혀 춤추
는 그 작은 주점

등대 모양 브로치, 가슴에 달고 있는 그 여자

배를 타러가네, 등대불 돛처럼 펴들고, 그 작은 주
점

고모의 골목

당고마기고모가 요가원 앞 언덕길을 걸어간다. 지
저분한 골목길, 후진 빵집이 있고 구식의 양장점이
있으며 꼬치구이 집이 있고 김밥이 유치하게 그려
져 있는 분식집, 그 골목 어귀에는 최신 핸드폰을
선전하는 show라는 글자가 검게 저녁하늘을 기어
간다, 그 옆은 간판이 집보다 큰 약국, 무수한 먼지
들이 사람들의 어깨에 묻어 함께 걸어간다, 늘 빼꼭
히 차들이 서 있는 좁은 골목길, 우리들의 수로水路,
우리들의 누추한 아름다움

부활
— 운조의, 현絃을 위한 바르…… 세째 가락

진흙을 밀어올리는 힘이
  너를
밀어올렸다

앵두나무 가지를 부러뜨리다

앵두나무 가지를 그만 부러뜨렸네, 그렇게 많이 달린 앵두를 어쩌나, 눈시울을 훔치고 훔치다가 부러진 가지를 제자리에 살짝 올려놓고, 테이프를 칭칭 감고 별빛 노끈으로 단단히 묶은 다음 내 지팡이를 지지대로 세워주었네

오늘 난 앵두나무 그늘에 앉아있네, 앵두 속에 나의 발을 담그고 앉아있네

강은교

슈퍼마켓을 나오는 고모

초록빛 속살을 여는 시금치들
위에

백내장에 걸린 듯 뿌연 멍한 그러나 쏘아보는 고등
어의 눈
위에

지평선같은 오이
위에

파도치는 김
위에

자유의 벗은 어깨에 휘감기는 두루마리 화장지
위에

동전을 조심히 조심히 세는 캐셔 데스크

위에,

고모는 눕는다, 당고마기고모의 눈은 눕는다,

당고마기고모의 눈까풀은 부르고 또 부른다

드넓은 여기 사랑하올 것들

강은교

2012.8 김행영 자화상

내년 봄에도 안양천변을 뒷짐지고 어슬렁어슬렁 산책하
는 즐거움을 맛볼 수 있을지 모르겠다. 아침마다 즐기는
이 산책, 특히 봄날의 산책은 새 생명과 만나는 기쁨뿐
만 아니라 나를 거듭나게 해주기에 참으로 고맙고 즐겁
다. 신성한 새싹들과의 만남은 내 기쁨의 열쇠 아닌가.

시인의 말 _ **김형영**(2021년 『문학나무』 봄호 특집 고래동인에서)

아침 산책

아침 산책길에
네잎클로버를 찾은 저 눈 좀 봐요.
샛별 같지요?
행운을 찾았으니 어찌 놀라지 않겠어요.

꾸밈없는 표정을 짓게 하는 것은
어디에나 있어요.
길가나 강둑, 가끔은 돌밭에도 숨어있고요.
그런 아침은 상쾌하여 날 것 같지요.
만나는 사람들은 또 얼마나 풍부한가요.

아침 산책길은
생각을 정리해 주고 희망을 부풀게 하여
만물을 이웃사촌으로 만들어주지요.

게으름 피우며 걸어봐요.
무반주로 흐르는 강물에 맞춰 걷다 보면

행운을 혼자 누리는 것 같아
고맙고 미안해지기도 하지요.
그럴 때는 마음을 천지에 풀어놓고
하루를 여세요.

김형영

화살시편 107
—금식

죽기 위해 굶는 사람도 있고
살기 위해 굶는 사람도 있다
나는 구차하게도 살기 위해 굶는다

목이 마르다
육체에서 숨이 나가면
이 고통에서 해방은 되겠지만
내 불구의 영혼은 어쩌나
심판 받아야 할 업보業報가
산더미 같은데……

아, 내 복된 탓이여!

어디서든 꽃을 찾아서

윤후명 _ 고 김형영 추모 시

1965년 미아리 언덕길에서 처음 만난

그대는 부안에서 방금 왔다고 했네

긴 머리를 가다듬으며

시골티를 벗어나려고 힘쓰는 얼굴

나중에 '수평선'을 바라보며 '화살'을 날리는

그대가 이미 거기 있었지

장례식장에 나타난 장사익 가객이

'꽃구경'에서 노래했듯이

그대는 어디서든

꽃이면서 '꽃을 찾아서' 가는 청년이었네

그러니까 '꽃을 찾아서' '화살'을 날리는

그대가 저 먼 세상에서

삶을 탐구하고 있네

온몸을 의술(醫術)에 주고 떠난 친구,

친구여

꽃과 화살

눈을 감으면
멀어진 과거가 살아온다
꽃이 피어 있고
그 속에 열려 있는 그대 그림자
부안에서 석정 선생의 촛대를 들고 나타난 그대
내게 꽃이름을 묻는다
안양천 가에서 보았다는 꽃
개불알꽃이 어느 거지?
예전에 빈대와 싸우며
우리는 시를 썼지
그 방은 보랏빛 꽃으로 꾸며지고
그대는 이제
화살통에 꽃을 꽂고 다니는 시인
화살로 꽃을 만드는 시인

김형영

파도를 노래하는 강릉의 동인이여

흑표(黑彪) 한 마리 살고 있다기에
산동(山東)의 기슭에 내 노래를 묻는다
더 가고 가다 보면 알타이 우랄의 산기슭
트럭이 향하는 곳에 히말라야는 먼 꽃을 날린다
강릉영화제에 다녔다 가느라고
나는 바다 위 책방에 머물렀었다
고래동인이여
우리는 이렇게 살아 있구나
높은 산 곰파에서 홀로 목탁을 두드리면
누군가 가락을 놓아 나의 목숨을 기다리고
강릉 파도에 맡겨둔 노래의 생명이여
흑표와 함께
우리는 산을 넘고 바다를 건너
세상을 헤어간다

김형영 스테파노의 초

손택수 _ 고 김형영 추모 시

고백하자면, 나도 유치장 신세를 진 적이 있다
얼떨결에 떠맡은 회사의 주주들에게 고발당해서
마포경찰서에서 조사를 받기도 했다
밤마다 뱀이 목을 졸라대는 악몽의 시간들
그때 기꺼이 대부가 되어준 스테파노를 만났다
영세식 날 받은 초 한 자루가 다할 때 나의 삶도 끝
나는 거라고,
사물 하나에도 그리 생명을 불어넣으며 기도를 해
보라고
스테파노는 엄지와 검지에 침을 묻혀 심지를 껐다
입으로 불어 *끄*지 않고 굳이 심지에 체액을 묻혔다
영세를 받고 냉담자로 지낸 몇 해
기도도 미사도 습관이고 중독만 같아서,
차라리 죄를 짓고 괴로워하는 일이 더 나다운 것만
같아서
처음 길이로부터 큰 차이 없이 장수를 하고 있는 초
한 뼘 가웃한 그 길이대로라면 아직 살 날이 많이

남았는데

어쩌다 용기를 낸 날이면

식은땀을 흘리며 겁먹은 내 낯짝이 보인다

기껏 한 자루 초에 지나지 않는 것이,

겨우 제 품이나 밝히는 가난한 빛의 평수가

심지에 묻은 스테파노의 말 앞으로 나를 데려간다

전화를 드리면 들려오던 아베마리아

꺼질 듯이 타오르는 저 심장 박동으로부터 나는 얼마나

멀어져버린 것인지, 혀가 뚝뚝 불땀을 흘린다

창밖으로 밀어낸 어둠을 바짝 당겨 살아나는 초

봄 햇살 따라 하늘로 돌아간 '영성의 시인'

김형영

유성호 _ 고 김형영 시인《서울신문》추모 글

지난 2월 15일 시인 김형영 선생이 우리 곁을 떠났다. 선생은 1944년 전북 부안에서 태어나 1966년 『문학춘추』로 등단한 이래 55년 동안의 시력(詩歷)을 쌓아온 우리 시단의 대표 중진이다. 오랜 세월 '시'와 '신앙'이라는 두 바퀴로 조용조용 달려온 그의 정결한 생애를 두고 빈소에 모인 지인들은 깊은 추념과 안타까움을 나누었다. 시선집 『겨울이 지나간 자리에 햇살이』(문학과지성사, 2021. 2. 15)는 선생이 지상을 떠나던 그날 지상에 내려앉았다. 투병하던 당시 시인 스스로 그동안의 시집 10권에서 213편을 선정하여 최종적으로 정본 작업을 완료한 시적 에센스가 영정 앞에 놓인 것이다. 비록 고인은 만져보지 못했지만 그 책은 그 순간 선생의 몸이 되어 그가 천생 시인이었음을 증언하고 있었다.

저항의 세계에서 통회의 심연으로

선집 체재는 네 개의 시기별 분류를 택했다. 시인

스스로 '저항'→'신앙'→'자유'→'교감'을 키워드로 하여 자신의 삶의 궤적을 조감하도록 배려한 결과로 읽힌다. 아닌 게 아니라 그의 초기 시는 폭력이 미만한 세계에 대한 항의와 저항으로 점철된 것이었다. 물론 그의 시는 소리 높여 외치는 것이 아니라 깊은 곳에서 조용하게 솟구쳐오르는 나지막한 것이었다. 그 은유적 상관물로 시인은 '모기'를 택했는데 가령 시인이 간절하게 속으로 외친 소리는 "모기들은 죽으면서도 소리를 친다/죽음은 곧 사는 길인 듯이"(「모기」)처럼 작고 소소한 이들의 마음으로 현상하였다. 2015년 박두진문학상 수상 소감에서 "저는 지금도 왜 시를 쓰느냐고 자신에게 가끔 묻습니다. 쓰면 쓸수록 어렵기만 하고, 때로는 숨이 막히게도 하는 시."라고 말씀한 그 '시'를 평생 떠메고 모기 소리처럼 작은 저항의 세계를 온축했던 선생은, 원치 않은 병고로 말미암아 스스로 깊은 신앙의 세계로 들어간다.

지금도 나는 김형영의 '통회(痛悔)시편' 연작을 선연하게 기억하고 있다. 나도 그때 신앙의 문전에서 어정거리고 있을 때였기 때문일 것이다. 1980년대에 쓴 "주님, 저를 죽이지 마소서./화가 나시더라도/흐느끼는 이 소리 들으소서.//뼈 마디마디 경련이 일고/내 마음 이토록 떨리는데/주님, 자비를 베푸소서./이 목숨 살리소서."(「통회시편 1」)라는 기도는 하늘에 상달되어 그로 하여금 '영성의 시인'으로 우리 곁에 머무르게끔 해주었다. 무릇 모든 존재자는 현상계에서 물질적 존재 방식을 한시적으로 취하다가 시간의 흐름을 따라 사라져가게 마련이다. 그럼에도 소멸이란 온통 비극적인 것이 아닌가. 하지만 선생은 그것을 평생 통회의 심정으로 탐구하고 형상화하면서 스스로의 존재 증명을 해갔다. 선생의 말처럼, 모든 것이 은총이었을 것이다.

어쨌든 김형영은 이때로부터 평범한 일상에서 근원적 사유와 형이상학적 전율의 세계를 길어올린다. 가장 신성하고 아름다운 세계를 희원하는 시인의 품과 격을 보여준 것이다. 깊은 영성을 시로 담아냄으로써 남루한 존재자들이 신성한 존재와 연루되고 있음을 고백하고 증언하고 탐구하는 지향을 일관되게 개척해 간 것이다. 그만큼 시인에게 가톨릭에 기반을 둔 사유와 감각은 신성한 존재를 희구하고 물어가는 실존적 사건이었으며 그러한 시선이 마침내 스스로에게 돌아오는 회귀성을 가지게 해주었다. 세례명이 '스테파노'인 그는 수많은 이들의 대부 역할을 마다하지 않는데, 대자 가운데 한 사람인 전동균 시인은 "가톨릭 영성을 심층적으로 서정성과 결합하여 탐색해낸 정말

김형영

보기 드문 시인"이라고 회고하기도 했다.

신성의 자유로운 현장으로서의 자연

후기로 갈수록 김형영 시의 주된 요소는 자연과 시인이 상응하는 장면에서 일어나게 된다. 말하자면 자연 사물의 구체성과 시인이 지향하는 삶의 지표가 서정적 순간성 속에서 견고하게 결속한 것이다. 그 빛나는 순간을 통해 우리는 김형영 브랜드인 형이상학적 빛을 한껏 쬐게 되고 이때 우리도 스스럼없이 환한 서정과 영성의 순간에 놓이게 된다. 후기 대표작 가운데 한 편을 읽어보자. "봄비 오시자/땅을 여는/저 꽃들 좀 봐요.//노란 꽃/붉은 꽃/희고 파란 꽃,/향기 머금은 작은 입들/옹알거리는 소리,/하늘과/바람과/햇볕의 숨소리를/들려주시네.//눈도 귀도 입도 닫고/온전히/그 꽃들 만나고 싶거든/마음도 닫아걸어야겠지.//봄비 오시자/봄비 오시자/땅을 여는 꽃들아/어디 너 한번 안아보자."(「땅을 여는 꽃들」)

물론 자연은 신성의 거소(居所)이자 고유의 향기와 소리로 스스로를 증명하는 신성 자체이기도 하다. 작은 입으로 하늘과 바람과 햇볕의 숨소리를 들려주는 봄날의 꽃을 온전하게 만나기 위해 시인은 눈도 귀도 입도 마음까지 닫은 채 크나큰 품으로 온전하게 봄날의 꽃들을 안아 들인다. 그러한 신성과의 소통 과정을 일러 시인은 '교감'이라고 규정했을 것이다. "영혼이 오가는 순간을/어찌 귀와 입으로 붙잡겠는가./눈도 아니다./생각도 아니다./나 없는 내가 되어/가슴으로 듣는 말,/사랑의 숨결이다."(「교감」) 이처럼 시인이 들려주는 사랑과 영혼의 소리에 우리도 가장 행복한 마음의 상태를 경험한다. 김병익 선생도 시선집 해설에서 "육신의 회복과 정신의 부활을 치르면서 김형영의 시는 이 세계와의 교감과 공감을 싱싱하게 드러낸다."라고 하지 않았는가. 이처럼 그에게 '시'는 생명의 리듬이 만져지고 보이는 음악이요, 숨결의 형식이 선연하게 들려오는 보이지 않는 그림이었을 것이다. 시선집 「시인의 말」에서도 선생은 "계절이 바뀔 때마다 새로 태어나고 사라지는 생명들과의 교감 그리고 가끔 거기서 얻은 감동을 시로 꽃피우는 즐거움, 그 은총이야 말해 무엇하리."라고 적었다. 이러한 김형영 시의 지향은 결국 실존적 형이상학의 세계로 귀납될 것이고, 그때 그의 언어는 우리의 마음을 깊이 울리는 음악으로 남을 것이다.

샘터, 아버지, 그리고 봄 햇살을 따라

선생은 『샘터』에서 30여 년간 편집자로 일하였다.

김형영

이 오랜 전통의 월간지가 정점을 구가할 때였을 것이다. 법정, 이해인, 최인호, 정채봉 등 이 책을 그득하게 채웠던 언어들은 지금도 한국문학의 보석이 되어 빛을 뿌린다. 개인적 경험으로는 소설가 한강이 대학을 졸업하고 샘터에 들어갔는데, 입사 직후의 그를 만나러 갔다가 대학로의 붉은 벽돌 건물 앞에서 얼떨결에 선생을 뵈온 일이 있었다. 나중에 선생의 시집 해설도 쓰고 같은 잡지의 자문편집위원도 하면서 선생의 말년과 함께할 수 있어 영광이었다. 마지막 투병 중 전화로 들었던 선생의 떨리는 목소리의 힘으로 선생의 시에 대한 기록을 더 깊이 수행해갈 다짐을 해본다.

빈소에서 인사를 나눈 둘째아들 김상조 씨와 장례를 마치고 전화 통화를 했다. "저나 형한테는 늘 친구 같은 아버지셨어요. 같이 식사하고 탁구나 배드민턴도 같이 치고, 힘들 때 서로 전화하여 격의 없이 대화를 나누던 분이셨습니다." 상을 치르면서는 지인과 후배들이 휴대폰에 남긴 내용이나 빈소에서 슬퍼하는 모습을 보고 아버지가 새삼 '큰 분'이었다는 것을 느꼈다고 한다. "유품을 정리하다가 작년 12월 20일에 온 크리스마스카드 한 장을 발견했어요. 자신이 한없이 방황할 때 신앙으로 인도해주신 마음에 고마움을

표하는 감사 카드였습니다."

선생은 묘역이 따로 없다. 가톨릭대학에 시신을 기증하였기 때문이다. 상조 씨는 아버지가 '유언 시'라고 하시면서 1월중에 보내주신 작품 한 편을 문자 메시지로 보내주었다. 처음 공개되는 선생의 마지막 작품 전문이다. "사랑하는 아들들아, 내가 죽거든/무덤일랑 만들지 마라/납골당에도 가두지 마라//나를 먼지로 만들어/관악산 중턱 후미진 곳에서 뿌려다오/바람이 불면 바람 따라/구름이 흘러가면 구름 따라/새들 지저귀면 새소리로/꽃들 향기 뿜으면 그 향기에 취해/천지사방 허공을 떠돌며/보이지 않는 자연이 되어 날아다니고 싶다"(「화살시편115 – 내가 죽거든」) 지금쯤 선생은, 바람 따라, 구름 따라, 훨훨 흘러가고 계실 것이다.

이제 선생은 스스로 언어의 화살이 되어 하늘나라로 들어갔다. 나는 새삼 그의 세례명을 생각했다. 신약성서 사도행전에 등장하는 스테파노는 돌에 맞아 순교하면서도 햇살보다 더 밝은 얼굴로 신에게 영혼을 의탁하는 모습이 기록된 분이다. '김형영 스테파노'의 얼굴에도 그 햇살이 환하게 비추었을 것이다. 그리고 하늘로 돌아간 그날 출간된 시선집 제목처럼 '겨울이 지나간 자리에' 따뜻한 봄 햇살로 우리에게 남을 것이다. 스스로를 염두에 두고 쓴 것 같은 작품 한 편을 선집에서 꺼내어 봄 햇살에 비추며 읽어본다. "별이 하나 떨어졌다./눈에 없던 별이다.//캄캄한 하늘에 비질을 하듯/한 여운이 잠시/하늘에 머물다 사라진다./흔적 하나 남기지 않고/보다 작게/보다 낮게/한 점 남김없이 살다 간 사람.//그를 기억하소서./그의 여운이 아직 사라지기 전에/한때 우리들의 이웃이었던 그를." (「무명씨」)

시인 김형영

스테파노 형제를

천국으로 보내며

고별미사 강론 _ 조광호 신부, 인천가톨릭대학 명예교수

선종일 : 2021년 02월 15일

장례미사 : 2021년 02월 16일 오후 3시

시인 김형영 스테파노 형제를 천국으로 보내며

고별미사 강론 _ 조광호 신부, 인천가톨릭대학 명예교수

시인 김형영 스테파노 형제는 1944년 전북 부안에서 태어나셔서 일흔일곱 해를 주님 안에 충실한 신앙인으로 예술가로 살아오셨습니다. 그리고 지난 2월 15일 이른 새벽, 그동안 고인 곁에서 극진히 간호하시던 아내와 효심 지극한 두 아드님의 품에서 복되게 하느님 나라로 가셨습니다.

사랑하는 남편과 아버지를 하늘나라로 떠나보낸 유족들과 이 고별미사에 함께 해 주신 고인의 친지분들과 조객 여러분들에게 깊은 애도를 드리며, 삼가 주님의 크신 위로를 간구합니다.

고인과 저는 30여 년 동안 변함없이 언제나 편하게 만나, 모든 것을 서로 나눌 수 있는 좋은 친구였습니다. 그리고 고인이 『들숨날숨』 편집위원으로서, 가톨릭문인회 회장을 역임하셨을 때도 저와 함께 일을 했습니다. 그리고 저는 고인의 시를 좋아하는 애독자였

습니다. 제가 읽어보면 뭘 알겠습니까마는 고인은 수십 년 동안 저에게 늘 발표하기 전에 시를 보내 주셨습니다. 그래서 저는 그의 첫 번째 독자로서 내밀한 시인의 공간에 초대를 받는 호사를 누렸습니다.

고인이 임종하시기 바로 전날. 임종시설 병동 출입이 허락되지 않아 부인께서 바꿔주신 전화로 마지막 통화를 했습니다. "힘드시지요, 아무 걱정하지 마시고 하느님께 모든 것을 맡겨드리십시오, 이제 우리 잠시 후 천국에서 다시 만나요." 하자 제 목소리를 알아듣는 듯 흐릿한 대답을 하셨습니다.

고인은 늘 상냥하시고 너그럽고 남을 배려하지만, 자신에게는 엄격하신 분으로 뜨거운 열정과 끈질긴 노력으로 지칠 줄 모르는 뜨거운 혼을 지닌 시인이었습니다. 고인의 이름 앞에는 '시인 김형영'이라고 해야 그의 모습이 뚜렷해지는 까닭을 저는 알고 있습니다. 그는 '시를 쓴다는 것'이란 시에서 "평생 영혼을 파먹고 살았다./50년을 파먹었는데/아직도 허기가 진다."고 했습니다. 고인은 평생, 책 만드는 편집일과 책 읽고, 시 쓰는 일 외는 눈길 한번 주지 않고, 아주 단순하고 소박하게 한 생애를 보냈습니다.

세상을 떠나시기 며칠 전 고인은 극심한 고통 중에

김형영

이런 문자를 저에게 보내주셨습니다. 신부님, 요즘 저는 이런 기도를 합니다.

"주님, 도와주세요. 제 아픔을 덜어 주시고, 평온한 마음을 되찾아 주님의 뜻을 깨닫게 해 주세요. 주님께서 저를 아시듯이 저도 주님을 알고 싶습니다."라고 하셨습니다.

'주님께서 저를 아시듯이 저도 주님을 알고 싶습니다.'라고 하신 이 말씀은 어쩌면 시인의 평생 화두였을 것으로 믿습니다.

그는 수도자처럼 냉정히 자기 성찰에 모든 초점을 모으며 살았습니다.

인류를 극단적 경쟁 사회로 몰아세운 신자유주의 시대는 코로나 바이러스로 인한 펜데믹이 아니라 사실은 이 시대 자체가 '탐욕 바이러스'에 감염된 또 다른 펜데믹 사회라고 해도 무방할 것입니다.

모두 '자기 이벤트'로 끊임없이 대중의 관심과 자신에 관한 것을 떠벌이는 나르시시즘 시대에 그는 오히려 끊임없이 참회의 시를 많이 쓴 작가였습니다. 그가 무슨 죄를 많이 지어서가 아니라 하느님 앞에, 진리 앞에 그가 지녔던 지고한 경외심 때문이었을 것입니다. 그러기에 그는 이 시대, 그 누구보다도 깊이 자신을 성찰한 구도자적 시인으로 남게 될 것입니다.

"허공에 매달린 홍시 하나로도/하늘의 종을 칠 수 있을 것 같다."라고 했습니다. 그의 시 안에서 그 하늘의 종은 끊임없이 울리게 될 것입니다. 세상 끝날까지 멀리 멀리 기쁘고 황홀한 천국의 소식을 알리게 될 것입니다.

그의 언어는 요란하거나 화려하지 않을 뿐더러 지극히 가난하여 어떤 때는 약해 보이고 수줍어 보이기까지 합니다. 그의 언어에는 조금도 기름기가 끼어 있지 않습니다. 그의 글에는 미사여구도 금심수구의 재주도, 그 어떤 광기도 격정적 충동도 없습니다. 지순하고 담담하여 어찌 보면 시를 이렇게 쉽게 써도 되나? 할 정도로 그가 그려놓은 시의 화폭은 언제나 지극히 단순한 무채색화이었습니다. 그렇습니다. 그는 문학이라는 업을 가지고 세속에 살았던 구도자였습니다. 지금도 그러하지만 앞으로 분명히 그는 한국가톨릭 문학의 새 지평을 열으신 작가로 점점 더 뚜렷이 역사에 평가될 것입니다.

이 세상에서 그는 쾌락이나 돈, 명성을 좇아 살지 않았습니다. 그는 현명했습니다. 어리석은 부자가 되고자 노력하지 않았습니다. 평화로운 가난을 선택하며 곁눈질하거나 부러워하거나 원망지 않고 묵묵히

김형영

담담히 살았습니다. 내적 자유를 누리며 살다 아주 조용히 우리 곁을 떠났습니다.

열심한 가톨릭신앙인였지만 그는 "나는 내 안에 하느님을 모시고 있다거나 하느님을 체험했다."라고 말하지 않았습니다. 이러한 신앙 태도는 얼핏 보면 하느님 체험을 하지 못하며 살구나? 하고 생각할 수도 있지만 그의 신앙은 그저 하느님 원하시는 대로 아무런 집착이 없이 자신을 하느님 은총의 신비에 맡겨드리는 것이었습니다.

그는 어떠한 모양으로든지 하느님을 이용하려고 하지 않았습니다.

소원을 이루기 위해서 안식을 얻기 위해서 하느님을 이용하려고 하지 않았습니다. 사람과 사람 관계에서도 그렇듯이 그가 하느님을 만나는 모습은 '아무런 의도가 없는, 어린이와 같이 순수한 만남'이었습니다.

신앙을 지닌 모든 예술가에게 달려드는 세상의 유혹이 있습니다.

고상한 영적 권력과 멋있어 보이는 객기와 꾸밈으로 남들 앞에 군림하고 우쭐대려는 유혹입니다. 그는 이 유혹을 철저히 떨쳐 내는 '비움의 삶'을 통해서 참

해방의 길을 애써 모색하던 참 그리스도인이었습니다.

"눈에 보이는 것보다 눈에 보이지 않는 것에 더 깊은 의미와 가치"를 일깨워 주던 우리의 시인 김형영은 이제 세상일을 모두 끝내고, 고향으로 낙향하듯 담담히 하늘나라로 떠나갔습니다. 그리고 바로 오늘 마지막 시집 『겨울이 지나간 자리에 햇살이(문학과지성사)』 출간되었습니다.

그렇습니다. 이 절묘한 일치는 우연이 아니라 그가 우리에게 남기는 마지막 유언이고, 그의 신앙고백입니다. '겨울이 지나간 자리에 햇살'이 더없이 찬란하듯, 이제 그는 영원한 생명의 햇살 속으로 들며 확신에 찬 기쁜소식을 우리에게 전하며 떠나 갔습니다.

지극한 사랑의 하느님이시여, 간절히 구하오니 당신의 그 넓은 품 안에 어버이의 손길로 세상에서 그의 모든 허물을 용서해 주시옵고 이제 아기를 받아 안듯이 김형영 스테파노 형제의 영혼을 받아 주소서! 그리하여 부활하신 당신의 아들 예수 그리스도와 함께 영원한 생명의 나라에서 우리 모두와 함께 영생을 누리게 하소서.

＋주님, 김형영 스테파노 형제에게 영원한 안식을 주소서.

영원한 빛을 그에게 비추소서. 아멘 ✝

김형영

먼저 고래가 등장한다. 동인의 이름에도 있다시피 고래는 우리의 이름이다. 이 이름을 내세운 임정남 시인은 지금 이 세상에 없을지라도 우리를 이끌었다고 할 수 있겠다. 그리하여 '일각(一角)고래'의 존재까지 이 시들과 함께할 수 있었다. 내 인생에 고마운 일이 아닐 수 없을 것이다.

그리하여 고래는 풀밭을 헤어간다. 엉겅퀴의 존재가 나타나 꽃을 피운다. 뿔의 존재를 말하는 꽃이 그것이며, 이는 유니콘처럼 내 삶의 지주를 이룬다 하겠다. 이로써 김형영 시인과의 우정을 조금이나마 표현할 수 있을지는 쉽게 말하기 어려워도, 그러나 우리 인생에는 몇 줄 글이 있다고 외치는 마음이다.

아, 이것이었던가, 나는 어렵게 말하며, 이 시들을 써 바친다.

시인의 말 _ **윤후명**

고래의 일생
— 고래 1

2006년 12월 15일 장생포 앞바다에서 길이 7미터
무게 4톤짜리 대형 밍크고래가 그물 속 문어를 먹으
려다 걸려 죽은 채 끌려와 4천만원에 경매되었다고
한다

1969년에 '고래'라는, 태어나지도 않은 시 동인지
가 있었다

몇 해 전에 세상을 뜬, 조선일보 당선 시인 임정남
이 모임에서 내놓은 이름이었다

바위 위의 얼굴

— 고래 2

고래를 따라
오랜 세월 바다를 떠돌았다
작살을 들고 배를 저어
고래가 어디 있는지 가늠했다
바다는 언제나 몸부림치며
나를 이끌고
고래를 노려보는 내 눈초리를
놓치지 않음을
나는 알고 있었다
그리하여 고래와 한 몸이 되어
이 바위로 왔다
그 날을 잊지 않기 위하여
얼굴에 비춰보는 이 바위에
그려진 모습이여
바위 깊이 새겨진 내 삶이여

윤후명

목선 6
— 고래동인

배는 떠나갔는데 나는 헤매고 있구나
감자 한 알 먹으려고
러시아까지 헤매고 있구나
우랄산맥에 왔으나
여기는 이름도 낯선 투바 자치공화국
사람들은 몽골족과 퉁구스족의 혼혈
나는 작은 돌인형 토템을 얻어
나를 맡긴다
북극해를 건너는 외뿔고래처럼
삐익삐이익 일각(一角)의 소리를 지르며
고향으로 돌아가길 꿈꾼다
오늘 한국의 강원도에는
몇 명 시인들이 고래 몸에 꽃을 그리려고
대관령 산신령님 아래 모였다고 한다

오랑캐의 노래 2
— 고래의 이름

고래라는 별칭을 얻은 우리는
동해 바다를 오르내린다
우리의 바다를
우리 것으로 하려고 숨을 내뿜는다
나는 부산에서 고래가 잡힌 걸 본 이래로
서면 시장에서 고래 고기를 먹으며
오랜 동안 고래와 함께
숨을 나누었다
서울에서도 고래 숨으로 살려 했다
혹등고래, 밍크고래, 범고래, 돌고래
그리고 이미 세상을 등진 어떤 고래동인이여
남기고 간 시를 다시 읽으며
함께 숨쉴 바다로 간다

윤후명

엉겅퀴꽃 가시

늘 하염없이 걸어오던 들길
엉겅퀴꽃 가시를 보고 배웠네
하염없이 걷는다는 건
그 가시를 본다는 것
가시로 사랑을 말한다는 것

윤동주 시인의 방

시인의 방에는 엉겅퀴가 꽃핀다
대학의 기숙사 방에서 서촌의 하숙방까지
아니 자하문 고개의 문학관까지
나는 엉겅퀴 꽃송이를 그린다
온몸에 가시가 돋은 시인의 삶이다
그래서 그가 머문 방에 새겨놓은
나의 꽃
어둑어둑 하루가 저물 때
나는 홀로 그 방에 서 있었다
마음이 무엇인지 들추면
시가 꽃핀다고
나는 홀로 말하고 듣는다
그가 간 길을 걷는 한 걸음마다
엉겅퀴를 마음에 심을 때
나는 그림자를 꽃피우는 시인이 된다

윤후명

풀밭의 엉겅퀴

어린 엉겅퀴를 푸성귀로 먹는다고
누군가 말해주었다
풀밭을 걸어가서
그 엉겅퀴를 뜯는다
꽃이 피기 전에 잎사귀를 뜯는 나는
먹으려고 뜯는 게 아니다
멀리 가버린 사람이
가시 꽃망울 속에
숨어 있다고 믿는 마음인 것이다
풀밭은 내게 그 마음을 가르친다
풀밭에 아무도 없다고 마음도 없는 게 아니다
멀리서 푸성귀 한 소쿠리 내게 보내며
꽃망울이 벌어지고 있다

타지마할 근처

인도에 가서
숲 굴헝에 빠지고 말았다
타지마할 근처
가시밭을 들꽃밭으로 본 것이었다
엉겅퀴들이 나를 에워싸고 있었다
낙타들의 먹이인 것일까
낙타들은 모래 언덕을 거쳐와서
붉은 사암 성벽 밑에서 그 가시풀을 씹고 있었다
옛날 황제가 황후의 죽음을 애도하여 지은 무덤
타지마할에의 눈길이었다
가시 굴헝을 지나면 아름다움이 있다고
그대는 말하고 있었다
내 인생도 그러했다고 말하고 싶었다
세상은 아름다운 굴헝
타지마할 근처
나는 낙타의 가시꽃 먹이를 보고 있었다

윤후명

외뿔고래의 꽃 1

고래의 발자취를 더듬으며
검은 지느러미로 현해탄을 덮는
꿈을 꾸었다
내가 보던 고래는 외뿔고래,
외뿔고래를 탄 채 북극해의 얼음을
깨고 가는 모습이었다
이미 지구 끝에 도달한 것이었다
드디어 나는 외뿔고래의 뿔에 장미꽃 한 송이를 꿰고
새로운 노래를 부르고 있었다
북극항로가 여기였구나
그런데 장미꽃만이 아니었다
한 송이 엉겅퀴꽃도 피어나 꿰고 있었다
그대에게 이 꽃들을 바치는 순간
나는 외뿔고래의 뿔을 받아들였다
그로부터 밤새 잠들지 못하고
나는 홀로 북극항로를 헤쳐 나가고 있었다
꽃의 뿔을 붙들고 다른 세계로 가는 길이었다

외뿔고래의 꽃 2

고래는 현해탄을 건너
울산 천정천 반구대 암각화를 그린다
언제인지도 모를 옛날에
지나가던 삶, 또는 사랑
지금 나는 그 바위 옆에 서서
고래를 세계의 하루로 불러본다
아주 옛날부터 바다밑이었다는 히말라야
우리의 모든 것은 그 하루의 일인걸
고래가 히말라야의 산봉우리에서 내려와
암각화의 꽃을 그린다
꽃은 절정(絶頂)에 올라선다
외뿔고래 한 마리가
꽃을 입술에 물고 먼 세월을 저어가고 있다

윤후명

외뿔고래의 꽃 3

엉겅퀴는 세계 곳곳에서 피고 있었다
몽골에서 J선배는 그 씨앗을 따고 있었다
나도 낙타를 타고 모래언덕을 넘으며
J선배처럼 낙타가시풀이 바람에 날리는 세계를 보
고
오랫동안 그 둥그렇게 구르는 삶을 따르려 했다
하지만 풀 한 포기도 둥그런 것은 없었다
풀은 날카로운 날을 갈고 있었다
먼저 눕는 풀은 없었다
모든 초원은 풀을 키우고
낙타는 입을 다물었다
그래서 초식동물은 넓적한 어금니를 갈면서
뿔에 엉겅퀴 가시를 입혔다
외뿔고래도 온몸에 상처를 입으며
바다에서 풀을 뜯고 있었다

지칭개라는 이름

누군가 그 꽃 한 송이를 달라 한다
분홍빛을 감추려는 듯 피어 있는
누추한 내 방,
감추려고, 감추려고 여기까지 왔지만
목숨은 감추어지지 않는 내 방,
지칭개꽃 같은 내 방이다
내가 살아온 길이 감추어지지 않으니
나는 꽃을 뒤에서 내민다
이것이 내가 살아온 뜻이다
지칭개 한 송이를 원하는 사람이여
구차한 길을 찾고 있는가
엉겅퀴의 사촌뻘 길손을 찾아
나 역시 어디론가 걸어왔다
낡은 분홍빛 꽃 한 송이
나의 사랑으로 그대에게 바친다
여기 지칭개라는 이름이 있다

윤후명

남몰래 피고 지고

뻐꾹채, 조뱅이, 절굿대, 수리취, 산비장이…
나는 풀밭을 지난다
이들과 함께 살아온 날들을
호랑이에게 말하려고 대관령을 넘는다
아무도 모르는 세상이 있었구나
모두들 목울대를 빼고 있다
모르는 세상을 살아오는 동안
나는 온누리를 줄이며 돌아다니고
호랑이는 어홍, 산신령님을 모시고 있다
어머니 정화수 장독대에 올리고
여전히 뒤란에 서서
내 뒤를 지키고
풀밭의 이름 모를 꽃들은 남몰래 피고 지고,
피고 지고 있다

시인의 연애

김수영 시인은
'이사셀 버드 비숍'과 연애하는 동안
김춘수 시인은
'꽃이여, 너는/아가씨들의 간을/쪼아 먹는다'고
쓰고 있다
내 간을 딱딱하게 만든 알콜은
이렇게 시화(詩化)되었다고
나는 공부하고 있었다
엉겅퀴가 '엉겅엉겅' 우는 동안
나는 시 한 줄 쓰겠다고
풀밭을 나딩굴다가
온몸이 파랗게 질리고 있었다
파랗게 질린 사색(死色)으로 길을 걸어가며
어느날 엉겅퀴꽃 한 송이 피려나
두리번거리고 있었다
나는 월정사(月精寺) 입산을 앞두고 있었다

윤후명

과즐마을

작은 등성이 허균 묘소를 지나
방 한 칸 얻으러 간 과즐마을
사천 바다는 멀리 내다보이고
어느새 날이 저물어
함석지붕들 바람소리는 스스스 스산했다
오늘 진부령 넘어 오대산까지 들어가자면
하룻길 빠듯할 듯한데
내가 묵을 방 어디서 찾을까
숲길 인불 휙휙 날고
내 갈길 푯말도 아득하다
그때 그 사람 어디로 갔을지
내 마음 함석지붕같이 날리는구나
어디에 마음을 둘까 발길을 살핀다

별빛에 나를 맡기고

전세계를 돌다시피하고
고향으로 돌아왔네
기장죽 한 그릇으로 배고픔을 잊고
그날 밤
황조가, 헌화가의 이두(吏讀) 향가를 기억하며
고향 하늘을 우러르네
오랜 그리움의 발걸음을 나 알고 있기에
밤이 되자 별빛에 나를 맡기네
잊지 못할 사람들 다 여의고
정동진, 옥계, 묵호까지 발길을 끌고
바다 너울 너머너머
어느 물굽이에 이르렀네
이제야 갈 길 아득히 보이긴 하나
별빛 가물거리는 밤으로 나를 데려가네

윤후명

올해 가까운 친구 여럿을 잃었다. 나도 죽음 가까이 갔다가 가까스로 돌아왔다. 나에게 남은 시간이 많지 않다. 살아있다는 증거로서, 나는 쓴다.

시인의 말 _ **정희성**

가는 길

아으 덧거친 이 삶의 길
숨 멎어 어둡고 쓰거운 그곳에 갈 제
더불어 갈 아무도 없이
바람이 와서 나를 데려 가겠지
쥐고 갈 무엇이 있어
쉬이 손 놓지 못할 거냐
마치 아무 일도 없던 것처럼
안녕 눈익어 정겨운 모든 것들아
사랑하고 미워했던 모든 것들아
등돌린 세상에도 인사해야지

귀울음(耳鳴)

얼마나 힘들었을까
얼마나 힘들었을까

하늘이 찢어지는 소리
대지가 갈라지는 소리
바다가 울부짖는 소리

그 소리 얼마나 커서

풀벌레 울음소리 삼켜버리고
뭇새들 우는 소리 묻혀버리고
아이들 울음소리 안 들렸을까

오 하느님

탐욕이 집어삼킨 세상
비명과 한탄과 고통으로 가득한 여기

정희성

온갖 빛이 침묵하는 여기에*

*단테 지옥편 제5곡에서.

귀울음(耳鳴) 2

탐욕이 집어삼킨 이 지옥 같은 세상, 새로운 세상을 꿈꾸며 살아가지만 앞이 보이지 않는다. 이 어두운 길목에서 나는 한 길잡이를 만났다. 그는 세상을 향해 귀를 열어놓고 지구가 앓는 소리를 들었다. 그러나 나는 문명에 길들어 우주를 유영하듯 아름다운 선율에 젖어 있다가 그를 잃고 길도 잃고 말았다. 내가 노래를 듣는 동안 그의 귀에 새들의 울음소리도 풀벌레 소리도 들리지 않았으리. 내가 부르는 허접한 노래 소리도 그에게는 귀를 찢는 소음에 지나지 않았으리. 이 막막함이란! 지옥문 앞에 서있는 듯.

정희성

독서일기 4

코로나 때문에 두해 째 방콕
멍 때리기 갑갑하여 노자를 읽다가
문득 세상을 돌아다보니
자물쇠와 열쇠가 한 몸이듯

법은 법치주의자들의 밥이고
사회는 자본가들의 회사다
이 바닥에 우리가 닻을 내렸지만
민중의 삶은 고난의 덫일 뿐

도가도비상도(道可道非常道)요
명가명비상명(名可名非常名)이라
자물쇠는 항상 자물쇠가 아니고
열쇠는 더이상 열쇠가 아니구나

마스크를 쓰고 그리움에 말을 걸다

툇마루에 앉으니
구절초 향내 코끝에 씁쓸하고

혼자 먹는 밥이
목구녕에 걸려 넘어가지 않는다

창호에 이는 바람에도
귀를 세우니

하루 해 길다
아 그리운 벗들

보고파라 말하려니
입이 없네

정희성

무화과(無花果)

금시라도 피어날 듯
아찔한 한 송이 꽃봉오리
순간 침착하게 생각했다
나는 한 그루 은화식물인지 몰라
십수 년 전 내 몸에 뿌리 내린
무화과나무 한 그루 죽지 않고
이제 와 다시 싹 틔우고 있어
무화과는 꽃 없는 과일이 아니라
꽃으로 가득 찬 열매
안 돼 겁먹지 마
이젠 좀 더 침착해져야 해
내 안에 몰래 숨은 꽃들이
다투어 피어날 테니까

받아쓰기 4

장난감이 그냥 장난감이 아니구나
영화 '토이스토리'를 보면서
내 어린 손녀 눈에 눈물이 고인다
갖고 놀던 인형을 끌어안더니
아이가 슬픈 표정으로 말한다

"엄마, 우리 장난감들도 다 떠나는 거에요?"

정희성

삶

때는 왔다

시든 잎이 매달린 나뭇가지에
새싹이 움터 나오고 있다

인생 또한 그러하리

새해 아침 간절곶에 와서

하늘이시여 참고 참았던 숨
쉬려고 여기 와 서있습니다
우리는 입도 얼굴도 없이
너무 오래 견뎌왔습니다
새해에는 마스크를 벗고
그렁그렁 그리운 사람들과
맞대면 할 수 있게 하소서
온누리 어두운 구름 거두고
밝은 새해를 보게 하소서

정희성

죽음이 가까이 와 있다

두렵지는 않다
시인이 죽는다는 건

살아서 그의 시를
다시 들을 수 없다는 뜻

죽음과 삶의 거리가
멀지 않듯이

죽음과 시의 거리가
멀지 않다는 뜻

어둠이 눈을
가릴 수는 있겠지

아무리 우리가
거리를 둔들

〈
마스크와 입 사이가
멀지 않듯이

말과 소리가
멀지 않듯이

정희성

집

나라가 서둘러 정책을 내놓으면
사람들이 먼저 알고 대책을 세우니
세상에 집 없는 천사들 너무 많아라
집아, 내 예전에 네 속에 살았지만
이제는 네가 내 안에 살고 있구나

코로나 이후

우리는 흩어져
연대해야 한다

사랑하는 사람과
거리두기를 일상화 하고

얼마쯤 외로움을
견딜 줄 알아야 한다

식구들과 헤어져
혼밥 먹는 연습도 하고

침 섞인 소리를 죽여
문자로 말해야 한다

마스크에 갇혀 질식한 말을
쓰레기통에 버리고

정희성

⟨

오랜 구속을 즐기며
스스로 자유해야 한다

화순적벽

한 그릇 죽으로 끼니를 때울망정
더러운 세속에 물들지 않으리라
물염적벽에 정자를 세워두고
거꾸러진 세상을 비춰 보느니
물에 어린 흰 구름 잦아든 골에
시인묵객 발길이 끊이지 않네

정희성

일시 : 2013. 7. 29. 오후 1시
장소 : 안국동 찻집 '무디헌'

"시의 리듬이 출렁거릴 때

정서가 나오고

그 위에

언어가 얹어져야

시가 된다"

참석자 : 강은교 김형영 석지현 윤후명 정희성
사회 : 곽효환 _ 시인, 『문학나무』 편집위원
정리 : 이언주 정혜영 _ 시인

"시의 리듬이 출렁거릴 때 정서가 나오고 그 위에 언어가 얹어져야 시가 된다"

곽효환 : 평소에 존경하는 선배 시인들을 뵙게 되어 반갑습니다. 석 선생님만 처음 인사드립니다. 선생님들을 이런저런 자리에서 간간이 뵙고 즐거웠는데 사실 다섯 분이 하나의 카테고리를 가지고 묶어진다는 생각은 별로 못했습니다. 작년 이맘때인가요? '70년대' 동인들이 40년 만에 다시 뭉쳐서 동인지 『고래』를 냈다는 신문기사를 읽었습니다. 그 신문기사에 실린 지금의 저보다 훨씬 젊었을 때 선생님들 사진을 보면서 여러 생각이 들었습니다. 지난해 40년 만에 '70년대' 동인들이 다시 만나고 1년이 흘렀는데요. 그동안 동인들의 모임은 어떻게 진행되었고 어떻게 활동을 하고 계신지 궁금합니다.

김형영 : 총정리는 늘 윤후명이 해요. (일동 웃음) 우리 동인 결성에 결정적 역할을 한 사람은 고인이 된 임정남

과 윤후명, 강은교 이 세 분이 소위 연세대 안에서 수작을 꾸민 거고 어떻게 내가 거기에 끼게 되고 그래서 하나씩하나씩…….

곽효환 : 첫 질문은 작년부터 지금까지 1년 동안 이 동인이 어떻게 모여지게 되었는지인데 아직 하지도 않은 두 번째 질문에 답을 주시네요. (일동 웃음)

김형영 : 우리는 '마월'이라고 하는데 매월 마지막 월요일 12시에 여기서 모였어요. 모이다 보니 윤후명 선생이 동인지를 내보자고 제안을 하고, 출판사(책만드는집 발행인 김영재 시인)를 정하고 동인지 『고래』를 냈어요, 그렇게 2년 넘어 모이고 있습니다.

곽효환 : 모임이 꾸준히 지속되면서 작년에 동인지가 나온 것이군요. 그러면 다음 책도 또 준비해야 하지 않겠습니까.

윤후명 : 70년대를 거쳐온 우리 동인이 지난해 동인지 『고래』를 발간한 것은 우리 시단에는 없었던 일이예요. 시집을 엮고 나니 참 의미 있는 일이었구나, 생각이 들어요. 모일 때마다 시 이야기, 우리 시단의 풍토 이야기를 많이 하는데 특히 김형영 형이 상당히 열혈청년이어서 그 이야기가 자주 나옵니다. 멀리 있는 강은교 선생도 참 열심히 참석해 주세요. 모이는 것도 좋은 일이지만 모임을 통해 시에 대한 우리 생각을 나

누고 많은 토론을 하게 돼요. 그것을 통해 우리 시에 대한 조금은 걱정스러운 점, 꼭 노파심은 아니라고 보는 점을 전달할 필요를 느꼈다는 생각을 하게 됩니다. 요즘의 시 풍토가 조금 지리멸렬한 감이 있어서 부지런히 만나고 있습니다. 어느덧 2년이 되었는데 헛되지 않게 발전적으로 무언가를 이룩해 나갔으면 좋겠다는 생각이 듭니다.

강은교: 저는 부산에서 올라오는데 동인지를 내고 나니까 더 열심히 와야 되겠다는 생각이 더 간절하게 들어요. 더 많이 보고 싶고. 시에 대한 이야기를 나눌 수 있다는 게 이 시대에 귀한 일인 거 같아요. 시만 가지고 만나는 사람들입니다. 어떻게 보면 참 희한한 만남이지요. 나는 그래서 부산에서 매달 올라옵니다.

곽효환: 선생님께서 나누신 시에 대한 얘기는 잠시 후 듣기로 하고, 먼저 궁금한 점 한 가지 여쭙겠습니다. 시계를 뒤로 돌려서 40년 전의 '70년대' 동인 결성 당시 이야기를 듣고 싶습니다. '70년대' 동인의 결성 배경과 과정을 말씀해주셨으면 합니다.

윤후명: 거기에는 임정남 형이 등장하게 되는데요. 저한테는 선배로서 가르침을 주신 분이지요. 1학년 입학하면서부터 시를 통해 굉장히 교류가 많았어요. 학교에서도 그렇고 다방에서나, 저희 집을 오가며 한국

시단에 뭔가 역할을 해야 되겠다는 생각을 많이 했어요. 그런 분위기 속에서 2~3년 안에 비슷하게 데뷔했어요. 그 무렵에는 신인으로 시동인을 만들기는 상당히 어려운 일이었어요. 쟁쟁한 선배들의 분위기 속에 신인들이 깃발을 드는 것은 위험했다고나 할까요. 60년대에는 동인의 시대였어요. 어느 동인에 소속되느냐가 또 하나의 데뷔였지요. 그런 분위기 가운데 우리 동인의 출범은 기존 세력이 완강한 상태에서 새로운 태동이었고 결과적으로 기대했던 것보다 반응이 좋았어요. 우리 모두가 20대였는데 용기가 가상했다는 생각이 드네요.

강은교 : 첫 동인지를 내고 우리가 직접 서점에 책을 깔았을 거예요. 나중에 책을 거두려 가니 딱 1권이 팔렸어요.

윤후명 : 책 내고 나서 우리가 직접 들고 종로서적 등에 다니며 책을 풀어 달라고 했지요. 나는 여러 권이 팔린 것으로 기억하는데⋯⋯.

김형영 : 광화문 네거리 코너에 있는 숭문사에서 1권 팔리고 종로서적, 양우당 등에서는 좀 팔렸어요.

강은교 : 우리만 깃발을 날리고 기고만장했지만 반응은⋯⋯.

김형영 : 아니에요. 평단에서는 반응이 있었죠. 김춘수

선생도 한 마디 했고……. "68년이지 괄호 열고 성급한 제호다 괄호 닫고……."라는 김춘수 선생다운 평을 하고. 고은, 이영기, 김현승, 신석정 선생 등이 우리에게 원고를 주고 그 뒤에다 실었지요.

윤후명 : 용기가 가상했던거지요. '신춘시'나 '현대시'와는 달리 이름도 없는 이제 갓 나온 풋내기들이 낸 것 치고는 괜찮다고 본 거 아닌가 싶어요.

강은교 : 함부로 신인을 후원할 수 없었던 당시 풍토도 있었을 거에요. 신석정 선생은 저한테 팬레터를 보냈어요.

곽효환 : 워낙 미인이시라서 그런 거 아닌가요.

강은교 : 신석정 선생님에게서 온 편지를 받고 놀라서 답장을 보냈죠. 교과서에 나오는 시인 아니예요. 그랬더니 또 답장이 오고 그래서 서울에서 만나 대한극장에서 『닥터 지바고』를 본 기억이 나요. 물론 임정남 씨도 나와서 같이. (일동 웃음)

김형영 : 그 편지가 '석정문학관'에 있다니까요.

곽효환 : 동인 이름이 '70년대'인데요. 어찌 보면 평범하고 어찌 보면 범상치 않습니다. '70년대'라는 명칭을 제안하신 분이 누구신가요?

김형영 : 우리가 동인 결성하고 처음 만났던 다방이 종로의 연다방으로 기억하는데 거기서 동인이름을 '고

래'로 할 것이냐 '70년대'로 할 것이냐를 이야기했어요. 임정남 씨가 자기주장이 강한 사람인데 '고래'라는 이름을 내 놓고 그 사람답지 않게 우기지를 않았어요. 그 사람이 이렇게 하자 우기면 다들 그냥 따라갔을 텐데…….

윤후명 : 확실하지 않지만 그때 당시에 '60년대사화집'에 대한 의식을 강하게 했던 것 같아요. 그때는 대단한 동인지가 많았어요. '현대시'는 목월 선생께서 계셨고, '신춘시'야 신춘 다 하니까 그렇고, '60년대사화집' 같은 경우에는 좋은 시인들이 많았죠. 거기에 대해 강하게 의식한 것 아닌가 싶네요.

곽효환 : 70년대는 우리 것이다 하는 야심찬 포부 같은 것을 가지셨던 것이군요.

강은교 : 겨우 10년을 본 거지요.

김형영 : 10년이면 승부가 난다고 본 거지. 10년이면 강산도 변한다는 데…….

윤후명 : 단견이기는 하지요. 그렇게 보면 '60년대사화집'도 단견이지요. 이 장구한 세월을 모르고…….

곽효환 : 저는 '2000년대'를 한 번 만들어 봐야겠습니다. (일동 웃음) 정희성 선생님과, 석지현 선생님은 조금 늦게 합류하셨잖아요. 어떻게 참여하시게 되었는지 동기와 배경이 궁금합니다.

정희성 : '70년대' 동인이 시작한 것이 68년인데 저는 70년대에 등단했기 때문에 늦게 들어가는 것이 당연한 것이지요. 마침 임정남 형이 고등학교 한 해 선배이고 윤후명 형은 한해 아래여서 저를 관심 있게 봐준 것 같아요. 그래서 늦게 합류하게 되었지요.

윤후명 : 그때 동아일보 신춘문예 당선은 대단한 거였지요.

정희성 : 김현승 선생이 우리 동인지에 관심을 많이 가져주었다고 했는데. 그때 나를 뽑은 사람이 김현승 선생 아니신가. (일동 웃음) 김현승 선생께서 심사평을 쓰면서 대하 장강과 같은 느낌을 준다고, 호흡이 길다고 말씀하셨는데 그 당시 다른 신문 당선 시들보다는 제 시가 상당히 길었어요.

석지현 : 저는 69년에 데뷔했는데요, 월간문학에서 만난 김형영 형이 하자고 해서 친구 따라 강남 간거지요. 그전에 윤 형이나 강 선생은 알고 있었고.

김형영 : 정 형은 '신춘시' 동인들이 저쪽에 앉아 있고 우리는 이쪽에 앉아 양쪽에서 쟁탈전이 벌어졌었어요. 기억나요? 아마 임정남의 영향이 컸어요. 또 하나는 김지하인데, 김현이 김지하랑 같이 해봐 하더라고요. 김현이 중간에 연결해서 만났는데 나중에 김지하가 참여하지 않겠다고 김현을 통해서 들었어요. 그리

고 몇 달 후에 『사상계』에 「오적」이 나왔지요.

곽효환 : 지금 하신 말은 동인 명칭은 '70년대'이지만, 동인들이 출발한 시점이 60년대 말 문단의 풍경을 보고 막 등단한 20대 초반의 문학적으로 패기도 있고 끼도 있는 청년들에게는 두 가지 기억이 있을 것 같습니다. 하나는 60년대 말에 보았던 60년대 시단의 풍경이 있었을 것 같고, 다른 하나는 선생님들께서 직접 개척해 나간 70년대 문단의 풍경이 있었을 것 같은데요. 그것을 정리해서 말씀해 주셨으면 참 재미있을 것 같습니다. 먼저 60년대 말에는 '현대시'라는 동인이 있었고 '60년대사화집' '시단' '신춘시' 동인들이 있는데 새로 출발하는 사람들 눈에 비친 풍경들과 그것을 타자로 느끼면서 스스로 '70년대' 동인들의 구심점이나 동질감을 정하는 과정이 있었을 것 같습니다.

강은교 : 한 가지만 얘기하자면 주로 '현대시' 동인들 이야기를 하지 않았나 싶어요. 우선 난해했죠. 곽 선생이 어떻게 생각하는지 모르겠지만 요즘 젊은 시인들의 싸움을 우리도 그때 그대로 했다는 거지요. 난해성에 대해서 기치를 든 건데 우리도 좀 난해했죠. 그쪽은 정말 난해했고.

곽효환 : 난해성을 극복하는 난해가 나온 겁니까?

강은교 : 그렇지요. 한글세대의 시, 이렇게 나온 건데

특집 좌담

난해성을 극복하는 난해성이지요. 우리도 전부 난해했으니까.

김형영 : 그래도 그 시대가 군부 독재가 심했던 시대였으니까. 저항적인 요소도 나름대로 있었고, 요즘 정희성 선생이 가장 근접해 있지만 나름대로 요즘 '참여'라고 하는 저항적 요소도 있었고, 당시 기성시단에 비해 우리는 아주 새롭고 달랐다고 생각해요. .

강은교 : 사회의식이 있었다. 이렇게 말하지요.

정희성 : 60년대 시단의 선배시인들의 시가 난해했었어요. 70년대 출발하면서 우리 시가 지나치게 내면화되어 사회성을 상실하고 있었어요. 그래서 저는 사회 현실에 대한 관심을 많이 드러내는 방향으로 시를 써 왔던 거지요.

김형영 : 그 점에서는 우리 동인들 중에서는 임정남이 가장 두드러졌죠.

곽효환 : 같은 40년대 생들이지만 안에서 보면 선생님들 바로 앞 세대는 30년대 말에서 40년대 초반 태어난 4·19세대라고 하고, 그다음이 선생님 세대인데 그 분기점을 어디서 찾을 수 있을까요.

강은교 : 6·3사태 아닐까 싶어요. 4·19 후에 한일국교 정상화 반대 시위죠. 대학 3년을 조기방학을 했었지요. 그렇게 4년을 보낸 셈이에요. 그때 김형영 시인이

『월간문학』에 근무했는데 통일특집을 했었거든요. 「우리가 물이 되어」라는 제 시가 『월간문학』 통일특집으로 실렸어요. 통일을 은유한 시로서 실렸던 거예요.

김형영 : 연애시라고 알려졌기에 통일 시라고 하면 낯설을 거예요. (일동 웃음)

곽효환 : 저는 연애시로 읽었는데요.

강은교 : 사실 연애시예요. 우리 북한과 연애하는 거 아녜요? 짝사랑하는 거.

김형영 : 연애시적인 것이 없으면 좋은 시가 되기 어렵지요. 남녀의 사랑 이야기에서 확대되어 해석되면 좋은 시라고 볼 수 있지요.

곽효환 : 정희성 선생님은 앞선 세대와는 다른 사회성 문제에 대해 고민을 하며 참여하였다고 하셨는데 석 선생님은 어떠셨습니까. 어떤 점이 앞선 세대들과 구분이 되는 지점이라고 생각하시는지요.

석지현 : 저는 별로 할 말이 없어요. 그때 동인들과 활동하면서 내면에 변화가 왔어요. 저는 원래 승려출신인데 인도를 가면서 승복을 벗었고, 스스로 방황하면서 한동안 문학에서 떠나 있었어요. 발표는 안 했지만 「동행」이라는 시를 썼어요. 그런데 아무리 도망 다녀도 이 친구들이 찾아다녔어요. 그래서 끌려나오기를 반복하며 한 사십 년 흘렀는데…… 그래서 친구란

이렇구나 하는 생각이 들어요. 저는 실패한 인생이라고 생각했어요. 승려로도, 인간으로도 다 실패했다고 생각했는데. 1년 전부터 다시 동인들을 만나면서 친구가 있구나 하는 생각이 들어요. 그리고 문학이라는 마지막 끈이 하나 있구나 싶어서 보람을 느끼고 있습니다.

곽효환 : 60년대가 4·19혁명이 있고 5·16쿠데타가 있었지만 뭔가 낭만도 있고, 어수룩한 구석이 많았다면 70년대부터가 한국 사회가 본격적인 격랑으로 들어갔다고 볼 수 있습니다. 산업화 문제가 있었고, 아까 말씀하신 김지하 선생의 「오적」, 신경림 선생의 「농무」 등이 발표되며 참여문학이 본격화된 것이 70년대이지요. 우리 사회 자체도 격변의 도입기로 들어가게 된 것이 70년대입니다. 이때에 선생님들의 문학적인 방향은 어떻게 잡으셨고 '70년대' 동인은 어떻게 활동하셨는지요.

윤후명 : 제 경우에는 우리 동인이 아주 중요한 계기가 되었어요. 왜냐하면 2학년 겨울방학 때 신춘문예에 당선되었는데, 그게 진짜 전력을 다해서 낸 것도 아니고 짜투리로 해서 낸 게 당선이 되었어요. 그때는 부추기는 주변 분위기도 그랬고 아주 조급한 마음에 빨리 시인이 되어 입신양명해야겠다는 것이 무슨 지상

명제처럼 되어 빨리 등단한 거지요. 사실 당선작이 신춘문예 될려고 만든 거거든요. 그래서 한동안 시를 못 썼지요. 67년 데뷔해서 69년까지 두렵고 후회스러워 오랫동안 시를 못 쓰고 있다가 이 동인이 결성되면서 극복했어요. 과거를 버리고 "내 것을 해야겠다"고 생각하고 새롭게 시작했지요. 새로운 시작을 하게 해준 이 동인이 저에게는 생명의 은인이라는 생각까지 하게 되었지요. 그리고 맞은 70년대는 과거의 농경사회와는 다른 새로운 시대였고 거기에 맞추느라고 우리 시 자체가 달라지고 다양해졌지요. 그 시대에 동인활동을 많이는 못했지만 5집까지인가 했어요. 그 작업을 통해서 시의 핵심을 잡았다고 생각되니 감개무량하죠. 그것이 44년 여를 건너와 오늘에 이르렀으니까요.

김형영 : 그때는 발표할 곳도 별로 없었고, 잡지라는 게 『현대문학』『월간문학』『사상계』 정도였어요. 그래서 동인과 동인지가 중요했지요. 워낙 좋은 사람들하고 같이 하다 보니 많이 공부하게 되고, 배우고 그래서 시를 못 놓고, 안 놓게 된 것이 아닌가 싶어요. 서로에게 영향을 참 많이 받았어요. 다 달랐거든요. 어디 하나 같은 것이 없었어요. 요즘 젊은 시인들의 시는 이름을 가리면 누구 것인지 모른다고 하지만 우리는 자기 개성은 살리면서 영향을 주고받고 했지 않았나 하

는 생각이 들어요. 금년에는 어려울지 모르겠지만 내년쯤엔 동인지 한 권을 더 낼 수 있지 않겠나 생각이 들어요.

강은교 : 우리 시대엔 6·3사태가 있었죠. 저는 시 속에 사회의식이 깔려 있어야 한다고 생각했어요. 나중에 공부하다 보니까 이중성 이렇게 말했는데, 그걸 실천한 것 같아요. 「우리가 물이 되어」는 이중성을 가지고 있어요. 겉으로는 연애시로 읽히지만 속에는 통일이 들어 있지요. 시는 그래야 한다고 생각했어요. 드러내지 않으면서 드러내는 또는 드러내면서 드러내지 않는 시가 다중성을 지니든 아니든 퍼져나갈 수가 있지 않겠는가 생각을 했는데 그것을 저는 '70년대'에 쓴 셈이죠. 작시를 쓴다, 공부한다 하면 어머니한테 야단을 맞았어요. 여자가 글을 쓴다는 것을 어머니는 이해를 하지 못 하신거에요. "계집애가 무슨 공부를……. 시집이나 가지" 그러셨는데 당선도 되고 전화도 오고 하면서 우리 어머니가 인정을 하게 되었지요. 내가 동인지를 하면서 할 일이 생기고……. 그래서 임정남 씨가 우리집에 오게 되었어요. 처음에는 근접도 못했어요. 동인지가 저에게는 큰 작업장이었요.

김형영 : 당시 강은교는 시단의 여류 전사였지요.

강은교 : 모더니즘과 리얼리즘을 확대한다고 생각했어

요. 저는 영문과에서 엘리엇에 반했기 때문에 사회의
식을 깔되 드러나지 않는 그런 시를 써야 한다고 생각
하다가 동인지를 하게 된 거지요.

곽효환 : 정희성 선생님은 어떠셨어요. 처음부터 사회의
식이 강하셨지요. 사실 참여문학은 60년대부터 시작
되었지만 70년대 들어 본격화되었고 그 중요한 당사
자셨는데 '70년대' 동인과는 어떤 영향 관계 속에 있
었는지요.

정희성 : 우리는 각자가 개성이 있었어요. 우리가 같은
것은 '70년대'라는 제호 안에 있다는 정도……. 70년
대의 시대의식을 공유하면서 각기 다르게 활동했지
요. 그중 임정남 형이나 내가 가장 사회의식을 드러내
는 방향으로 활동을 했던 것 같아요. 거기서 내 시가
살아남을 수 있었던 것은 동인 덕분이었어요. 동인들
이 가라앉혀주는 역할을 했지요. 아무리 과격해도 시
가 갖추어야 할 덕목인 예술성을 잃지 말아야 한다는
것을 동인들에게 배웠지요.

곽효환 : 중요한 말씀입니다. 아까 김형영 선생님께서
2000년대 시는 시인들의 이름을 가려놓고 보면 잘
구분이 되지 않는다고 하셨는데 80년대도 비슷했던
것 같아요. 이른바 민중문학이 주류를 형성하면서 이
름을 가려놓으면 비슷비슷해지는. 사회의식과 문학성

이 어떻게 잘 만나는가의 접점이 조금씩 다른 데서 개성이 발휘되는 것이지만 양자를 놓치지 않는 것에 중요한 힘이 있다는 것을 '70년대' 동인들이 공통적으로 가지고 계셨던 것으로 생각됩니다.

김형영 : 우리 세대만 해도 좋은 시를 쓰려고 밤잠 안 자고 했어요. 그런데 좋은 시를 쓰겠다는 의식이 요즘에는 부족하지 않은가 싶어요. 육화(肉化)도 없고 사건만 있다. 사건 위주로 글을 쓴다, 저는 그걸 변태라고 이야기 하는데, 특히 요즘 여성 시인들의 시는 변태도 이런 변태일 수가 없어요.

강은교 : 새로운 이야기가 아닐 거 같은데 요즘 생각은 그래요. 우리는 좋은 시를 추구했던 것 같은데 요즘 젊은 시인들은 우리와 달리 너무 잘 쓴 시를 찾는다는 거예요. 가만 보면 요즘 시가 참 잘 쓰였거든, 그걸 변태라고 말할 수도 있겠지만, 하여튼 잘 써요. 다시 말하면 테크닉은 굉장히 강해. 그런데 거기에 감동이라거나 좋음이 없다, 그래서 좋은 시라는 생각은 안 들거든요.

곽효환 : 자연스럽게 선생님들께서 요즘 토론하시는 시에 대한 얘기가 나오게 되었습니다. 60년 후반부터 지금까지 우리 시단에서 40년 이상 써 오시고, 지켜 오셨는데 오늘날의 젊은 시를 어떻게 생각하시는지 좀 더 깊이 있는 이야기를 듣고 싶습니다.

김형영 : 예전 시인들은 자기들이 몸소 체험해서 시를 썼는데 그 이후의 시인들은 그게 좋아 보이는지 시는 그렇게 쓰는데 자기 경험은 없단 말이야. 만들어대니까 내용은 희한한데서 가지고 오지만 은교 씨 말씀대로 잘 쓰기는 하는데 말하자면 향기가 없어. 가슴에 와 닿는 것이 없단 말이야. 우선 도덕적으로 용납이 안 돼. 왜 그렇게밖에 쓸 수가 없는지. 고민할 것이 얼마나 많은데. 세상에.

곽효환 : 저도 상당히 공감하는 이야기입니다. 윤후명 선생님은 어떻게 생각하세요?

윤후명 : 저는 시에서는 자유롭기 때문에 그렇게 부딪친 적은 없는데 시가 어려워졌다는 건 사실이에요. 아무리 어려워져도 맥락은 닿아야하는데 그게 부족한 건 분명해요. 시가 어디까지 갈 수 있느냐에 의문점을 가지고 있어요. 시가 어느 점에서는 우리 원형을 지켜주는 역할을 해야 된다고 믿어요. '원형회귀' 정신을 가지고 있어야 한다는 생각이지요. 소설은 현학적이고 난해한 문법으로 갈 수 있다고 봐요. 그런데 시가 지금 더하단 말이에요. 시는 전체 문학의 원형인데 막가고 있는 느낌이에요. 시가 과연 무엇인지 짚어 보아야 할 것 같은 생각이 들어요. 어떤 것은 행 사이 간극이 천리만리가 되는 시가 있어요. 거기에 대해서 어떤 사

105

람이 평론으로 메워주어야 아는 정도까지 갔다면 시는 아니라고 봐요. 소박이라는 말이 나쁘거나 저급하지 않고, 좋은 의미로 시의 덕목이 되기도 하는데 그것을 잃어가고 있다는 생각이 많이 들어요.

곽효환: 현대시의 난해성 문제는 어제 오늘의 이야기가 아닙니다만 저도 걱정스러운 것은 비평가도 그 간격을 메우기 어려운 상황까지 왔다는 말이 나오거든요. 다른 한편에서는 이런 이야기도 합니다. 사회구조라든지, 사회 다원화된 복잡성들을 감안한다면 시의 형식이나 내용의 변화가 어느 정도 불가피한 면이 있는 것이 아니냐 하는 것이지요. 정희성 선생님께서는 최근 미래파라는 말로 대변되는 전위적인 시들을 보면서 생각이 많이 교차하실 거 같은데…….

정희성: 최근 어떤 문학상 심사에서 예선을 거쳐서 올라온 작품을 보면서 이 심사는 내가 감당하기 어렵겠다. 사퇴해야 할지 모르겠다는 생각을 한 적이 있어요. 내가 읽어낼 수 없는 것이 대부분이었거든요. 그래서 다른 심사위원이 내가 읽어낼 수 없는 작품에 의견이 모아지면 나는 어떻게 해야 하나 고민했어요. 그 심사위원들이 내가 충분히 알아듣고 동의할 수 있게끔 설득하라고 하지 않는 한 나는 도저히 손을 들어줄 수가 없다고. 심사가 끝나고 초현실주의를 공부한 평

론가에게 물어 봤죠. 왜 도대체 요즘 젊은이들이 시를 어렵게 쓰느냐고. 그 평론가가 자기도 세상에서 제일 어렵다는 초현실주의를 공부한 사람인데, 젊은 사람들의 시를 읽는 게 굉장히 곤혹스럽다고 하더라고요. 그러면서 "아마도 생각이 정리가 잘 안 돼서 그런 것일 것"이라고 하더군요. 난해성에 관해서는 젊은이들이 그렇게 쓸 수밖에 없는 이유를 깊이 애정을 가지고 들여다보기도 해야겠지만, 시가 자꾸 어려워지면서 독자를 잃어버리게 되는 결과를 가져오지 않을까 걱정입니다. 40년 이상 시를 써 온 사람이 알아들을 수 없고, 또 평론가도 제대로 이해할 수 없는 시를 쓴다는 것은 큰 문제에요. 그런 것을 보면서 난해성 문제는 내가 결판낼 수 있는 것이 아니어서 다른 생각을 하나 해봤어요. 최근에 시베리아 넓은 벌판을 사흘 밤낮을 달리며 보았는데, 시베리아라는 말이 주는 대륙성이랄지, 광활함을 느끼면서 갑자기 지금까지 내가 써 온 시들이 얼마나 왜소한 건가. 북방정서, 대륙성을 얼마나 오랫동안 잃어버리고 살아왔는가 하는 점을 느꼈죠. 엊그저께 정전 60년 콘서트 행사에 갔다 오면서 생각했는데 분단이 너무 오래 지속되다 보니 남쪽이 섬나라처럼 살아온 게 60여 년이 되었어요. 그러면서 우리 문학도 30년대 문학이 지니고 있던 북방정서, 대륙적인 정서를 상실해 온 거지요. 있었다 하더라도 그것들이 문학의 주류를 이루지 못하고 망각하고 사그라지고 만 것이 아닌가 하는 생각을 했어요. 우리 시가 좀 더 커져야겠다 하는. 허풍으로 커지는 것이 아니고 이육사의 광야 같은 규모의 시가 나오기 힘든 풍토가 된 것을 안타깝게 생각합니다.

김형영 : 옛날에 임정남이 주장해 온 것 중 하나가 왜 우리 문학은 세계문학이 못 되는가이었어요. 생각해보면 반공낙인 때문에 우리가 알게 모르게 지금도 그 압박을 받는다고. 자유로운 세상이 되었다 해도 북한의 문제에 대해 적극적으로 말하면 좌파라는 낙인을 찍게 되는게 참 고약해요. 시에서도 그런 압박이 남아 있어요.

강은교 : 젊은 시인, 미래파시인이라 하더라도 금방 어떤 기성시단과 제도에 닿게 되고 속하게 되죠. 그렇게 생활도 해결하고 그리고는 시가 정형화되고 틀에 갇혀버리게 되죠. 가장 무서운 난해는 바로 정형화되는 것, 그리고 어떤 틀에 갇히게 되는 것이 아닐까 싶어요. 젊은 시인들에게도 어떤 틀이 분명히 있고 거기에 모두 갇혀서 법석을 떠는 것 같기도 해요. 곽 시인은 젊은 시인들의 시를 어떻게 보세요?

곽효환 : 제가 올해 초에 중앙일보 '시가 있는 아침'에

넉 달 정도 시를 매일 한 편씩 해설을 했었습니다. 20년대 김동환부터 2000년대 시인까지 다뤄보려고 했습니다. 그런데 저의 세대까지만 해도 좋은 시를 읽고 다른 사람에게 소개했을 때 다른 분들도 공감하는데 이른바 전위시를 소개를 할 때는 쓰는 저도 무슨 말인지 잘 모르겠어요. 그래서 마지막에 정말 모르겠다. 시인에게 물어 보아야겠다 이렇게 마무리 한 적이 있습니다.

강은교 : 그런데 시인 본인도 모를지도 몰라요. 내가 감각이 못 따라가고 이해를 못 하는 지점이 분명이 있을 거예요. 젊은 시도 좋은 시는 많더라구요. 그런데 리듬은 분명히 잃어버린 게 아닌가 싶어요. 그것은 서정으로 통하는 것이기도 해요. 리듬, 소리라는 것은 단군시대부터 내려오는 소리가 있고, 아까 정 선생님이 말씀하신 광활함. 우리의 정서 이런 것들을 이루는 가장 밑에 있는 근원이 되기도 해요. 집단의식, 융의 원형의식을 생각할 때가 있는데 내가 만든 용어인 소리신이 출렁거릴 때 정서가 나오고 그 위에 언어가 얹어져야 시가 나온다고 믿어요. 그런데 리듬, 즉 소리를 주장하지 않기로 했어요. 아무도 듣지를 않아서요…….

김형영 : 지난번 김지하가 참여진영을 비판할 때 리듬이 없다고 했었지요. 그런데 정희성 시인의 경우는 전공

을 향가에 바탕을 둔 사람이라서 절대로 흔들리지가 않아요. 소설가 이동하의 작품에 "실컷 웃고, 실컷 울면 어쩌나 남겨 두어야지"라는 명구가 떠오르네요. 너무 감정을 토로해도 문제가 되지만 요즘 전혀 감정이 없는 거의 무생물에 가까운 젊은층은 웃어보지도 않고 울어보지도 않고 글을 쓴단 말이에요. 난 그게 더 큰 문제라고 생각해요. 실컷 울고, 실컷 웃고 나서 하는 게 차라리…….

정희성 : 나는 향가를 우리 시의 원형이라고 마음속에 두고 있어요. 시를 써도 형태가 10줄을 넘지 않는 시를 써요. 10줄이면 무슨 말인지 다 할 것 같은 자신감도 생기면서도 한편으로는 내가 너무 작아지는 느낌을 받기도하고 그래요. 어찌되었든 시가 흐트러지지 않으려면 형태에 대한 생각을 해야 되고, 형태를 하나로 묶어주는 힘이라는 것이 바로 리듬이지요.

강은교 : 제 시의 리듬은 원래 『허무집』의 '바리데기'에서 시작했는데 지금은 '바리 연가'로 왔어요. 시의 최고 형식은 연가가 아닐까 싶어요. 진짜 사랑 노래. 그렇게 말하면 범위가 너무 넓어져서 뭐든지 시는 사랑 노래가 아니냐고 하겠지만, 약간 에로스적인 것도 있는 사랑에서 나온 노래. 그런데 이 시대 유행가가 그걸 다 해버리고 있단 말이에요. 30년대에는 시인들이

가사를 많이 써서 가사가 아주 좋았어요. 우리가 해야 할 일은 유행가보다 더 좋은, 국민이 노래하게 하는 시를 써야 되지 않을까 하는 생각도 해요. 어제 행사에서 젊은 시인들이 노래를 부르는데 노래가 된 시들을 불렀어요. 그런데 한 젊은 시인이 노래를 하려면 대여섯 줄 가지고는 안 되고 조금 길어야 한다고 해요. 조금은 얘기가 있어야 이해의 다리를 건널 수 있고 소통이 이루어진다는 것이지요. 그럴 수도 있겠구나 싶더라고요. 요즘은 이미지 노래를 쓴다고 두 줄도 만들어 놓고 그러거든요. 사랑시, 연가. 그 말을 듣고 보니 과거에 우리가 추구하던 것과는 세상이 너무 달라졌고 우리 문법과도 너무 다르더라고요. 심사를 하는 입장이지만 우리의 잣대를 가지고 심사를 하는 것은 문제가 있는 것 같아요. 그래서 갈수록 자신이 없어져가요. 시가 뭐냐, 다시 한 번 물어보게 돼요. 광활함 앞에서 왜소해진다고 하셨는데. 저는 전부터 내가 뭐 하러 13권이나 되는 시집을 멍청이같이 내고 있었을까. 할 수 있다면 다 회수해서 없애버리고 싶은 그런 심정이에요.

정희성: 너무 말을 많이 했다는 것이지요?

강은교: 네. 너무 말을 많이 한 거 같아요. 그렇다고 이제 와서 지금부터 말을 짧게 해야겠다 이거는 좀 웃긴

다는 생각도 합니다. 어떤 평론가가 내 욕을 막 써놓았는데 이해가 가더라고요. 무슨 허무냐, 허무하면 죽었어야 하는데…… . 왜 그렇게 수다를 떨고 있느냐. 무당의 수다라나요. 그 사람은 페시미즘으로만 생각한 것이지만 그렇게 볼 수도 있겠다 싶더라고요.

곽효환 : 석 선생님의 시적 관심사가 궁금합니다.

석지현 : 제가 문학을 했다는 것을 빌미로 선시(禪詩)를 총정리를 해 책을 냈었거든요. 중국과 우리나라와 일본의 선시가 달라요. 중국은 광활하고 과장이 많고, 우리는 쓸쓸하고 수동적이고 슬퍼요. 그리고 일본은 아주 섬세해요. 우리 쪽에서는 매월당 시가 아주 좋아요. 김시습. 그전에는 서산의 시가 좋았어요. 서산은 이백하고 비슷해. 시가 굉장히 맑아요. 매월당은 거의 시를 써서 물에다가 띄워버렸대요. 매월당 시는 선시로도 좋지만 그냥 시도 좋아요. 예를 들어 지팡이를 짚고 방랑을 하는데 아주 절망적이에요. 길 끝까지 간 거예요. 개울에서 꼬마들은 고기를 잡고 할머니는 고추를 너는데 길이 끊어진 거에요. 거기서 흰구름을 보고 있는 시지요. 선시인데도 삶과 연결되어 있어요. 그리고 선시에서는 현실적인 이야기도 거의 없어요. 여자와 술 이야기가 별로 없어요. 전부 초탈한 이야긴데 우리나라 경허(鏡虛)에 와서 술 이야기가 좀 나와

요. 일본에 가면 이큐라는 사람에게서 여자 이야기가 엄청 나와요. 그걸 극복한 것이지요. 일본 선승들이 도를 깨치면 인각장이라는 것을 줘요. 내가 누구에게 계를 받았다는 자격증이지요. 사람들이 다 이걸 가지고 있는데 이큐는 필요 없다고 그 자리에서 불질러 버렸지요. 밤에는 절에서 수행을 하고 낮에는 시중에 가서 술시중을 들며 산 사람인데 시를 보면 대단해요. 진짜 훌륭한 일본 고승은 기생들, 사창가에서 화려한 옷을 입고 앉아 있는 그 사람들이 진짜 훌륭한 고승이라는 거에요. (웃음) 그런걸 보고 총정리 하다보니 이런 선시도 우리 시대에 필요하겠구나 하는 생각이 들어요. 현대시가 젊은 사람들에 와서 어려워졌다는 것은 분열이 와서 그렇거든요. 기존 거는 안 되겠고 새로운 것으로의 분열 현상이지요. 정신도 그렇고 가치도 분열되니까. 권오견 선생 아시죠? 돌아가셨죠. 그분이 파리 계실 때 초현실주의 선언문을 쓴 앙드레 브루통을 직접 만났대요. 한국에서 왔다니까 부르통이 "참 이상하다. 한국, 일본, 중국에는 선문화가 있지 않느냐고. 논리에서 벗어난 것이 바로 초현실주의"라고 했다는 거에요. 너희 쪽에서 슈르리얼리즘이 나와야 하는데 왜 우리가 이걸 하냐고. 하여튼 난해한 건 좋은데 이것이 제대로 뿌리하고 연결 되려면 기존의

도교도 있고 선문화도 있고 이러니까 이론적으로 접목이 가능하지않을까 생각해요.

곽효환 : 젊은 시뿐만 아니라 우리 시 전체에게도 시사하는 바가 큰 것 같습니다.

석지현 : 또 한 가지는 한국 사람들이 특성이 있어요. 선 이야기를 잠시 했는데. 조금 이야기가 곁가지로 갈게요. 전 세계적으로 명상 바람이 불잖아요. 요즘 요가, 티베트 불교, 남방불교. 명상 등이 일반화되어 있어요. 미국인 천만 명 정도가 명상을 한다고 해요. 명상을 하면 범죄가 감소된대요. 선은 일본사람들이 소개를 했지만 사실 선은 원전 소개가 안 돼 있어요. 선쪽만 유일하게 원전이 묻혀 있어요. 확실히 서양 사람들이 몰라요. 다른 쪽은 위파사나니 티베트 불교는 서양인들이 정신요법으로 개발했어요. 아바타 같은 것이 그거에요. 일본 사람들이 소개한 선은 섬세하지만 힘이 없어요. 원수인데 한 잔 먹으면 금방 형님 동생이 되는 이런 것이 없어요. 원순데 한 잔 먹고 형님 동생 하는 뒤집어지는 것, 간화선 선이라는 게 그런 거거든요. 젊은 사람들 시를 저는 못 봤지만 어려워지는 것들은 뒤집어지는 한 과정의 한 부분일지도 몰라요. 나쁘게도 볼 수 있지만 좋게도 볼 수 있어요.

김형영 : 옛날 좋은 선시들은 그냥 와 닿는데 요즘 선시

들이라는 게 진정성이 없어서 흉내를 낸데 그치고 말아요. 선시야말로 흉내를 내면 완전히 무너지는 것 아닌가?

석지현 : 예, 체험이 없으니.

곽효환 : 체험에 관한 것이 현재시의 문제로 제일 큰 것 같아요. 하지만 젊은 사람들은 이게 우리 체험이다, 라고 말하기도 합니다. 가상현실. 복잡한 것. 아무것도 할 수 없는 것. 이런 것들이 정제되지 않은 상태에서 너무 거칠게 마구잡이로 흘러나오는 것이 큰 문제인 것 같습니다. 그것도 그 시대의 유형이라면 시라는 그릇에 잘 담는 것이 좋겠다는 생각이 듭니다. 이야기하다 보니 한 시간 반이 훌쩍 지났는데요. 이제 정리하면서 덕담 한 마디씩 해주세요. 동인들 중에서 서로에게 고마웠던 것. 가장 미웠던 것. 하나씩 얘기 해주시고요. 기억에 남는 이야기 한 마디씩 해주시지요.

강은교 : 저는 현역 하고 싶은데 젊은 사람들이 인정해 줘야 현역을 하죠. (웃음)

김형영 : 몇 십 년 글을 써왔는데 지금도 작품을 새로 시작하면 아득할 뿐만 아니라 또 시작할 때 뭐 건덕지 하나 갖고 이걸 어떻게 써야 하지. 문학청년 때와 똑같아요. 사십 년 오십 년 시를 썼는데 단어 하나 한 줄이 어려워요. 애들 같다니까요. (일동 웃음)

특집 좌담

강은교 : 대학원 수업에서 충격을 받은 적이 있어요. 약간 난해하지만 모두들 인정하는 여성 시인에 대해서 "괜찮아서 열심히 봤는데 요즘은 안 봐요" 하더라고요. 저는 정년하고 동인에 합류했는데 동인지가 나오고 하는 과정에서 내가 혼자 떨어져 있는 것이 아니고 동인들이 있다는 것이 큰 힘이 되더라고요. 나와 같은 일을 지금도 앉아서 하겠구나. 저도 무얼 쓸라고 하면 다른 분들이 앉아 있겠구나 하며, 서울에 올라올 날을 기다리고 그럽니다.

정희성 : 같은 시대를 살아오면서 같은 생각하고 있겠지만 내가 좀 튀는 것이 없지 않아 있어요. 정치적인 관심을 시에서도 많이 드러내는 것 같고 내가 너무 튀는 게 아닌가 생각을 하면서 스스로 반성할 때도 있는데 동인들이 나를 다시 침착하게 만들어 줘요. 그런 점에서 우리 동인들의 무게를 느끼게 돼요. 김형영 형이 책을 읽고서 재미났던 책들을 주고 영화도 CD로 구워서 공부시키고 이래서 공부를 많이 해요. 오늘 또 다섯 권짜리 『벽암록』을 석지현 시인이 공부하라고 주고…… 이번에도 김형영 시인이 시베리아 여행 중에서 시를 두 편 써오라고 숙제를 주고 메일 문자를 보냈어요. 자기가 무슨 애인도 아니고. (일동 웃음) 시를 정말 못 쓰면 못 돌아올 것처럼 만들어 놓더라고

요.

김형영 : 또 그걸 쓴 거 아니요?

정희성 : 나 그것 썼어. (일동 웃음) 오늘 아침에 두 편을 윤 형한테 보냈어요.

김형영 : 이 사람한테 무슨 말을 못해.

윤후명 : 좋더라고요.

정희성 : 김형영 형은 내 시적 감수성을 촉발시켜요. 이 양반이 뭐라고 한 마디 하고 가면 꼭 그게 내 머릿속에 남아서 시가 되어 나오곤 해요.

윤후명 : 김형영 형 얘기가 나오니까 옛날에 거의 죽었던 사람이거든. 병원에서도 포기했던 사람이 지금까지 살아 있어서……. 김 시인은 태도가 굉장히 성실해요. 챙길 것 다 챙기고 그래서 늘 생각이 참 옳은 쪽이에요. 아무쪼록 오래 살길 바래야지. 그리고 또 한 가지. 강은교 시인이 이야기 했듯이 리듬, 원형 회귀 문제인데요. 시가 즉 어떤 의미로 노래인데 그것을 우리가 잃어버렸단 말예요. 우리가 옛날에는 시조를 노래로 불렀는데 현대 자유시가 되면서 사라지기 시작했지요. 미당도 실패했지만 그걸 많이 시도했어요. 각운 형식이랄까하는 실험을 많이 했지요. 그 실험이 실패했는지 몰라도 자꾸 실패를 해서라도 살려놓아야 되지 않나 싶어요. 시의 본질이 그거라면, 그것이 없

117

어지는 것이 시의 어떤 위기보다도 위기일 것이라는 생각을 해요. 어떻게 구체적인 실험을 통해서 살려나갈지. 범 시단적인 합의가 있어야 할지 모르지만 실패를 할지라도 혼자서도 용감히 도전해볼 만하다고 생각해요. 최근에 한유주라는 젊은 소설가에 대한 평론에서 난해한 한유주의 소설을 시다, 라고 하는 것을 보았어요. 그런 요소가 있기는 하지만, 그렇다면 시와 소설의 경계가 없어지는 것이 아니냐는 생각이 들더라고요. 이것도 문젠데 우리 소설이 지금 굉장히 달라지고 있어요. 어떤 확실한 주의 주장이 있어 달라지는 것이 아니라 갈팡질팡이란 말이죠. 서로가 고유 영토가 있다면 지키면서 변형이 있어야 할 것 같은데……. 문학의 가장 원초적인 것이 시인데 시가 그것을 지키지 못하는 한 다른 것들도 다 지킬 수 없어요. 시인들이 아무리 엘리엇 이야기 하지만 엘리엇의 시는 난해시입니다. 난해시 좋아요. 있을 수 있어요. 그러나 거기에 정신은 꼭 있는 것이거든요. 이것이 없어졌다, 혹은 실험을 해서 살려 내지 못했다 하면 이건 큰 숙제가 아닌가 합니다.

김형영 : 문학청년 시절에 난 윤후명, 이 사람 덕을 엄청나게 봤어요. 나는 촌놈이고 여긴 서울 사람이었거든요. 서울이라는 냄새를 이 사람을 통해 맡았고, 촌

놈이 서울의 일원이 되는데 도움을 받았지요. 그 이후에 동인까지 나를 잊지 않았고. 그 이후에는 이 사람들이 잘 쓰니까 열심히 하지 않으면 따라 갈 수가 없었어요. 난 영적으로 현실적으로 참 많이 덕을 봤고 특히 내가 성장하는 데 도움을 많이 받았어요. 석 스님은 내가 결혼초기 수유리로 이사 가서 애 기저귀 빨래 못할 때 빽이 많이 되줬어요. 화계사 계곡에 아무도 못 들어는데 우리 마누라는 들어갈 수 있게 해줬어요. 수돗물이 안 나오는 거에요. 새벽에 물이 쫄쫄 나오는데 그 물로 기저귀를 어떻게 빨 수 있겠어요. 석 스님 빽으로 기저귀 빨래했지요.

정희성 : 그때 화계사 환경오염시킨 주범이었군. (일동 웃음)

곽효환 : 여전히 현역에서 활동하시는데 각자 가지고 있는 문학적 화두는 무엇인지요?

김형영 : 요즘 나는 매일 산에 다녀요. 관악산에. 내가 카톨릭 신자인데도 불구하고 관악산에 가면 우선 산신령에게 절하고 산신령하고 맞먹으려고 해요. 산신령이 생각하는 것을 나도 좀 생각할 수 없을까. 그게 요즘 내 화두요.

윤후명 : 그 생각 자체가 화두요.

정희성 : 산신령이 되죠. 아예.

김형영 : 산신령이 되고 싶은데 산신령 목소리를 내려고. 화두가 그거요.

곽효환 : 마지막으로 석 선생님 한 말씀 하시죠.

석지현 : 전번에 갑자기 김 형이 윤 형 사무실에서 모인다고 문자를 보냈더라고요. 그래서 동인들 가운데 누가 많이 아픈가 보다 싶어 굉장히 걱정을 했어요. 그래서 모이자는 줄 알았지요. 제발 그런 일 없어야지 하고 내가 제일 먼저 갔지요. 아 그런데 갔더니 동인지 이야기를 하더라고요. (일동 웃음)

윤후명 : 그게 아픈 거요. (일동 웃음)

정희성 : 그때 연락이 안 된다고 그러는데 마지막으로 한 번만 더 하자고 내가 제안을 했어요.

석지현 : 가끔 핸드폰을 진동으로 해두어서……

김형영 : 어떤 여자하고 살림을 하는지 몇 년간 연락이 없는거요. 동인지를 만드는데 넷이 만드는 것으로 그렇게 됐어요. 그런데 석 형은 발표 안 한 시 천 편이 있을 테니 마지막으로 연락 한번 더 해보자. 그렇게 일지사로 전화를 하고 연락한 거요.

곽효환 : 그렇게 아픈 것은 자주 아프셔도 될 것 같습니다.

강은교 : 저는 엊그제 석 스님에게 벽암록 때문에 전화를 했는데 전화 불가능 지역이라고 나와서 떠내려 간

줄 알았어요. 나중에 보니 내 전화가 고장이더라구요.
(일동 웃음)

윤후명 : 석 형이 절에 있었으니까 자신이 출가한 고란사도 데리고 가구요, 화계사는 물론이고 여러 절이 많아요. 편전 글씨도 가르쳐 주고요. 여러 절에 구경을 많이 시켜 줬어요. 그것 또한 공부죠.

곽효환 : 다음번에 구경갈 때 저도 좀 끼워 주세요. (일동 웃음)

정희성 : 다음엔 절 방에 한 번 가봅시다. 좌담도 하고 반성도 좀 하고…….

곽효환 : 다음 좌담은 절 방에서 하는 걸로 하겠습니다. (일동 웃음) 오늘 장시간 말씀을 들으면서 여러 가지 생각이 듭니다. 부럽다 하는 느낌도 들고요. 제가 다음에 선생님들 연배가 되었을 때 나한테 저런 자리가 있을까, 하는 생각도 들었습니다. 한 편으로는 여전히 현역에서 글을 쓰시는 선생님들 보면서 좀 더 많은 공부를 해야겠다는 자극도 받았습니다. 무엇보다도 영원한 현역으로 계속해서 좋은 글 쓰시고 건강하셔서 후배들에게 좋은 영향 주셨으면 좋겠습니다. 다음번 절 방 좌담을 기대하면서 이만 정리 하겠습니다. 오랜 시간 동안 감사합니다. ✿

부산 송도 찻집에서

4·19탑 앞 '70년대' 고래동인(1974년 좌로부터 김형영, 정희성, 임정남, 석지현, 강은교, 윤후명)

70년대동인이 다시 모여 고래동인으로 결집한 안국동 '무다헌' 찻집 앞에서
(좌로부터 석지현, 김형영, 강은교, 정희성, 윤후명)

다가공원(좌로부터 김형영, 임정남, 신석정, 강은교)

세종문화회관 정지용 동상 앞에서(좌로부터 정희성, 윤후명, 김형영)